AF233592

LES MARTYRS

DU

TONG-KING,

Par Ch. Chapia.

PARIS.

SAPIA, LIBRAIRE,

RUE DE SÈVRES ET DU DOYENNÉ.

1842

MIRECOURT, IMPRIMERIE DE HUMBERT.

IL n'est personne en France qui ne sache les fureurs du défunt tyran Minh-Mênh, ce Néron annamite, contre le Christianisme au Tong-King et à la Cochinchine ; il n'est pas une ame chrétienne qui n'ait frémi au récit des supplices barbares, des tourments atroces auxquels les mandarins tremblants sont forcés de condamner les serviteurs de J.-C. Eh ! qui n'a frissonné d'horreur en lisant le martyre de M. Marchand, enfermé dans une cage étroite, battu de verges, tenaillé avec des pinces rougies au feu, enfin mis en lambeaux pièce à pièce par deux bourreaux armés de coutelas, et celui de M. Cornay, accablé de coups de rotin, et condamné à être coupé en tronçons, à chaque articulation du corps, les bras d'abord, puis les jambes, enfin la tête? Qui n'a admiré le courage de M. Gagelin, le premier qui ait reçu la sanglante couronne, l'intrépidité de M. Jaccard et son inaltérable patience dans une prison sans terme? Qui n'a contemplé avec une admiration mêlée d'amour et de tristesse ces évêques, ces prêtres, ces catéchistes, ces fidèles, subissant les plus cruelles et les plus infâmes tortures, et donnant leur vie plutôt que de fouler au pied le symbole de la Rédemption? Ah! ces évêques, la plupart de ces prêtres, ce sont nos frères, nos amis, ce sont des Français!

Oui, à ces récits il s'élève dans l'âme, tour à tour, des sentiments d'indignation et d'amour, de tristesse et de joie, d'horreur et de pitié, de crainte et d'espérance. Sentiments d'indignation contre les nations soi-disant chrétiennes, et surtout contre la France qui abandonne ainsi lâchement ses enfants et son sang aux bourreaux; sentiments d'amour cependant pour cette belle France, patrie des martyrs et berceau de l'admirable œuvre de la Propagation de la Foi : oh! il y a deux peuples dans ce peuple. Sentiments de tristesse à la vue de tant d'ames au milieu de nous, négligeant une couronne que les martyrs achètent si cher; sentiments de joie à la vue de ce nouveau peuple de héros qui vole ravir le ciel par la violence. Sentiments de crainte, non pas que la foi vienne à défaillir, elle est pleine de vie et les tyrans meurent, mais qu'elle ne vienne à chanceler chez ce malheureux peuple; mais sentiments d'espérance à la vue de ces masses païennes proclamant l'innocence des martyrs, pleurant sur eux, les suivant au supplice, se ruant pour amasser quelques gouttes de leur sang, quelques lambeaux de leurs habits, quelques débris de leurs chaînes, invoquant ceux qui viennent de conquérir le royaume des cieux. Ce sang sera une semence féconde de chrétiens; on ne saurait mieux prêcher l'Evangile, et Minh-Mênh, nous l'espérons, en aura été, contre son gré, un grand propagateur. Sentiments d'espérance à la vue de ce sang qui coule pour le salut du monde oriental; de ce sang qui relève le prêtre calomnié par la bouche de l'impiété, qui ramène la confiance en sa parole méconnue, qui force à dire : Vraiment le prêtre croit ce qu'il prêche! de ce sang qui répond d'une manière si éloquente à ces blasphémateurs étranges, à ces éclectiques sans intelligence religieuse, à ces Jambliques universitaires, qui nous crient à tue-tête depuis un quart de siècle que le Christ est à l'agonie; voyez cependant comme il est jeune et vigoureux, quel sang frais ruisselle à flots de ses veines! Insensés, quand le Christ meurt, c'est pour ressusciter; vous, prenez garde de mourir pour toujours!

C'est sous l'impression de ces sentiments divers que cette pièce a été écrite : l'inspiration, chacun le sait, n'est que d'un moment; ce qu'on sent fortement s'écrit vite, a dit un grand poète, et j'ajouterai, s'écrit comme on le sent. J'ose donc espérer qu'on me pardonnera ce quelque chose d'un peu trop acerbe peut-être contre ma patrie; si j'aimais moins sa gloire, j'aurais été moins amer. Je proteste surtout contre toute interprétation qu'on voudrait faire de mes paroles dans le sens qu'on doive soutenir l'Evangile par le glaive : non, J. C. a envoyé ses Apôtres comme des brebis au milieu des loups; la croix attend son triomphe de la persuasion. Mais faudra-t-il pour cela qu'un empire chrétien laisse jeter son sang aux bourreaux, sans avoir le courage d'une réclamation, l'héroïsme d'une plainte? Nous ne demandons pas certes qu'on propage la foi par les armes ; ce que nous demandons , c'est que nulle part on ne puisse impunément verser le sang *innocent* de nos nation-naux ; nous demandons qu'on ne puisse en nul lieu du monde torturer de la façon la plus atroce un fils de la France, sans que la France jette un cri d'indignation ; nous demandons que sur toutes les plages de la terre un enfant de notre patrie ait aux yeux de son pays, fût-il un prêtre, au moins la valeur d'un nègre des côtes de Guinée. Le canon de nos vaisseaux est chargé pour la liberté d'un Yolof, et on dédaignerait de pro-noncer un mot pour la liberté d'un Français? Etrange logique !

Depuis que cette pièce est écrite, nous avons appris la mort du Tyran ; mais la persécution continue, le sang ruisselle toujours, et la France demeure indifférente !

1842.

LES MARTYRS DU TONG-KING.

Sanguis martyrum semen est Christianorum.

TERTULLIEN.

O honte, honte à ma patrie !
Honte à qui s'est assis aux conseils de son roi !
Un tigre à face humaine, un barbare en furie
Verse et boit notre sang, et, lâche d'incurie,
La France au monstre en fait octroi !

Honte donc au nom de la France,
Elle, ta fille aînée, ô Christ, ô Fils de Dieu !
Tes martyrs, ses enfants ! du sein de la souffrance
En vain tournent vers elle un regard d'espérance...
La mort nous jette leur adieu !

France, tu forfais à ta gloire :
Nos aïeux flétriraient ton silence impuissant !
Nos neveux rougiront en lisant ton histoire :
Nul ne croira qu'un peuple, aimé de la victoire,
Ait ainsi pu vendre son sang !

Ce sang ruisselle à flots... Qu'importe
Aux ministres des rois ? C'est un sang de martyr !
Et qu'est-ce qu'un martyr pour une tête forte ?..
On peut laisser couler un sang de cette sorte :
La voix n'en sait pas retentir !

C'est un sang méprisé qui coule,

Un sang de prêtre, et non de citoyen français !
Ces prêtres, pariahs sans nul droit dans la foule,
Qui tantôt les vénère et qui tantôt les foule,
    Que fait leur vie ou leur décès ?

    Maudite la philosophie
Qui de sa froide main, France, a glacé ton cœur !
Va, la voix des prôneurs en vain te déifie :
Tu fus grande ; aujourd'hui tu n'es plus que bouffie...
    Non, non ; sans Dieu point de grandeur !

    Que l'avide enfant du commerce,
Poussé par un vil gain sur un sol étranger,
Échoue en ses projets que l'étranger renverse,
La France est insultée... Allons, vite qu'on verse
    Du sang, de l'or, pour le venger !

    Mais que la voix du ciel appelle
Un prêtre, noble apôtre, aux rivages lointains ;

Qu'il porte aux nations la sublime nouvelle ;
On l'égorge avec droit... Car il n'est qu'un rebelle
    Aux édits des rois souverains.

    Civilisation vantée,
Source de tant de biens, mère de tous les arts,
Aux peuples abrutis nos prêtres t'ont portée ;
Un tyran les proscrit... la loi qu'il a dictée
    Est digne de tous les égards !

    Ainsi, sous le poids de leurs cangues,
C'est en vain que vers toi tes fils tendront les bras,
France sourde à leurs cris : dans le fracas des langues
Les clameurs des partis, le conflit des harangues,
    Jamais tu ne les entendras !

    On disait qu'un cri d'agonie
Avait frappé le cœur d'un de tes vieux héros,
D'un soldat, dont la gloire a sacré le génie,

Le cœur du brave Soult... A présent on le nie :
    Toujours le sang teint les bourreaux !

    Des océans fendant les ondes,
D'un pôle à l'autre pôle emportant nos soldats,
Tes vaisseaux en tout sens sillonnent les deux mondes,
Et tu n'auras pas vu que par des mains immondes
    Tes fils sont traînés au trépas !

    Un mot de ta puissante bouche,
Un seul mot appuyé d'un seul de tes vaisseaux,
Peut-être eût fait trembler le tyran sur sa couche,
Eût suspendu le bras de ce monstre farouche,
    D'un sang pur sauvé des ruisseaux !

    Ah ! dans leur zèle téméraires,
Nos prêtres cependant, sur le sol africain,
Des Bédouins affrontant les fureurs arbitraires,
Bravant tous les périls, savent sauver leurs frères

Des chaînes d'un peuple inhumain ?

O France, l'argent t'a flétrie :
Tes douanes n'ont point de taxes sur la foi;
Tes trésors ne sont pas grossis par l'industrie
De ces prêtres, sans titre absents de la patrie :
    Qu'ils ne réclament rien de toi !

Ton sang circule dans leurs veines :
Soit; tu ne leur dois rien. C'est pour la vérité
Qu'ils se sont exilés sur des plages lointaines;
Et toutes vérités pour toi sont incertaines :
    Tu n'as plus de divinité !

O nations vraiment perdues,
Qui n'avez plus d'instinct que votre soif de l'or,
A qui peut les payer vos armes sont vendues;
Sur tous les océans vos voix sont entendues :
    De l'or toujours, de l'or encor !

Qu'un peuple que l'on empoisonne
Se lève, courroucé contre de vils marchands,
Détruise les poisons que l'intérêt façonne...
Il forfait au commerce, Albion le rançonne :
L'or est le nouveau droit des gens !

Victime qu'un tyran dévore,
Qu'un grand peuple, martyr de ses droits, de sa foi,
Lève les yeux vers nous, qu'il crie et nous implore...
D'or sa main n'est point lourde : il doit gémir encore
Sous le knout aimé de son roi !

On n'entend plus la voix qui crie :
Nous périssons ; pitié par le nom du Sauveur !
Le Sauveur ! il n'est plus le Dieu de la patrie ;
La croix ne brille plus sur la lame flétrie
Dont s'arme un chrétien sans ferveur !

De Mahomet un fils barbare

Insulte au sang d'Othman sur le trône avili :
Notre Europe en deux camps aussitôt se sépare ;
Songe-t-elle à la croix ? Oh ! non ; tout se prépare
Pour perdre ou pour sauver Ali !

Non, les nations n'ont plus d'ame !
Amas d'individus, troupeaux sans Dieu, sans foi,
Ce sont des corps glacés que la tombe réclame,
Des morts galvanisés par un démon qu'enflamme
L'or ou l'argent de tout aloi !

Mais l'homme agit, et Dieu le mène :
De ce cahos le ciel saura tirer le bien ;
Taisez-vous, froids calculs de la raison humaine :
Ce monde que d'erreurs en erreurs on promène
Demain se lèvera chrétien !

Les méchants et leurs voix hautaines
Du Christ à l'agonie annonçaient le trépas,

Et voilà qu'un sang frais s'échappe de ses veines ;
Voilà que des bourreaux les tortures sont vaines ;
Il rajeunit dans les combats !

Dieu veut fertiliser la terre
Où sa main veut semer : un sang pur de martyr
Est la graisse féconde, est l'onde salutaire
Dont il pénètre un sol trop long-temps adultère
Où les vertus doivent fleurir !

Oui, oui ; que ce sang coule encore !
Il répond à l'impie ; il féconde le sol ;
Le Christ a ses témoins au soir comme à l'aurore...
Voyez : d'autres héros qu'un feu sacré dévore
Vers l'Orient prennent leur vol !

1841.